LETTRE

DE M. L**

A M. D****,

SUR

LA NOUVELLE HELOÏSE

DE M. J. J. ROUSSEAU,

DE GENEVE.

Desinit in piscem mulier formosa supernè.

A GENEVE.

M. DCC. LXII.

LETTRE

SUR

LA NOUVELLE

HÉLOYSE.

Lorsque la Nouvelle Héloyse fut annoncée dans le Public, Monsieur, la célébrité de son Auteur, la juste idée que j'avois de ses talents, me la firent attendre avec impatience ; elle parut enfin, je fus des premiers à m'en pourvoir, je la lus avec avidité. La premiere

A ij

Partie remplit parfaitement l'o-
pinion que je m'en étois formée,
la seconde me parut extrême-
ment foible ; mais quelle fut ma
surprise lorsque je passai aux sui-
vantes ! Je fus tenté de croire
que je lisois la Parodie du Roman de M. Rousseau, ou quel-
qu'ouvrage que les envieux de sa
gloire vouloient faire passer sous
son nom pour flétrir sa réputation.
Le moyen en effet de se persuader qu'un Écrivain, moins estimable encore par l'étendue de
son esprit que par la candeur de
ses mœurs, ait cherché à pervertir celles d'une nation qui l'admire, en s'efforçant d'effacer
des principes dictés par la nature
même ; en confondant toute

idée de décence & d'honnêteté;
en nous offrant pour modeles des
perſonnages faux dans leurs caracteres, vicieux dans leurs maximes, extravagants dans leur
conduite; en nous donnant de
l'inconſéquence pour de l'héroïſ-
me, de la lâcheté pour de la
vertu, de la baſſeſſe pour de la
Philoſophie.

Je penſois qu'un ouvrage tracé
ſur ce plan, tomberoit bien-tôt
de lui-même, ou du moins que
les perſonnes chargées par état
de rendre compte au public des
nouveaux Écrits, s'éleveroient
avec force contre ce que celui-
ci contient de dangereux & de
révoltant. Ma ſurpriſe a redou-
blé lorſque j'ai vu le Mercure

rempli des éloges de la Nouvelle Héloyse, & des piéces fugitives, qui érigent ce Roman, sans mœurs, en un Traité complet de la Morale la plus pure & la plus sublime; monuments que l'on pourroit soupçonner l'amour propre de l'Auteur de s'être élevé lui-même, si cet artifice n'étoit pas trop au-dessous de lui. La patience m'a échappé en lisant les lettres insérées dans le Mercure du mois d'Août dernier; on y éleve Julie & Wolmar au-dessus des Héros passés, présents & futurs; on les y donne pour des miroirs de toutes perfections. C'est trop abuser de l'imbécillité humaine. Vous savez, M. que je ne suis ni Auteur ni Critique,

mais l'indignation m'a fait prendre la plume ; tout honnête homme eſt né pour venger l'humanité
ſi indignement avilie.

Un Miniſtre célébre , que l'intérêt de ſa Patrie avoit engagé à
ſemer chez un peuple voiſin l'eſprit de fanatiſme & de révolte ,
diſoit qu'il avoit été effrayé de la
rapidité de ſes ſuccès ; comme les
grands hommes ſe reſſemblent ,
on pourroit appliquer ce mot à
M. Rouſſeau.

Je lui rends trop de juſtice
pour penſer que les principes de
ſon Ouvrage ſoient ceux de ſon
cœur ; il eſt noble , généreux ,
ami de la belle & ſimple nature ;
fleau des vils préjugés qui la dés-
honorent , il ſeroit bien fâché

de reſſembler en rien aux héros de ſon Roman. Dans ce Livre comme dans quelques autres de ſes écrits, ſon unique but a été de faire voir qu'il n'y a point de paradoxes qu'un homme de beaucoup d'eſprit tel que lui ne puiſſe faire valoir ; il aura été bien étonné ſans doute de voir une infinité de gens, ſéduits par la magie de ſon ſtyle, admirer de bonne foi les objets les plus mépriſables, exalter juſqu'aux Cieux une femmelette ſans caractere, l'inconſéquent S. Preux, & l'infâme Wolmar. C'eſt bien le cas de penſer que M. Rouſſeau a été lui-même effrayé de ſon propre ſuccès : j'augure aſſez bien de la droiture de ſon cœur,

pour me perfuader qu'il n'abufe-
ra pas de fon triomphe , & fera
le premier à défabufer la troupe
peu réflechiffante de fes plus zé-
lés admirateurs.

Pour prouver ce que j'avance ,
Monfieur, examinons l'ouvrage
en lui-même: Je paffe condam-
nation fur la premiere Partie ;
tout y eft fublime, la nobleffe
du ftyle , l'élévation des fenti-
ments , la connoiffance du cœur
humain , le choix des fituations ,
m'enchantent également ; Julie
même dans fa foibleffe y paroît
au-deffus de l'humanité. Le ren-
dez - vous touchant & terrible
qu'elle donne à fon amant , la
dignité de l'aveu qu'elle fait à
Milord , d'un fécret qu'il coûte

tant à son sexe de dévoiler, sa
lettre sur le duel, tout annonce
la grandeur de son caractere.
Que M. Rousseau ne la faisoit-
il toujours parler sur le même
ton, & pourquoi a-t-il envié à
l'humanité, & sur tout au beau
sexe, l'exemple inimitable qu'il
sembloit lui offrir? Ne paroît-
il sa victime, d'une maniere si
brillante, que pour l'immoler
avec plus d'éclat à son mépris
pour les femmes? Auroit-il cherché à persuader que les plus esti-
mables d'entr'elles ne sont qu'un
tissu d'inconséquences, que leurs
vertus ne tiennent à rien, & que
le souffle de la moindre contra-
diction suffit pour les éteindre?
Que de moyens s'offroient à

la brillante imagination de M.
Rousseau pour rendre ses person-
nages intéressants ? Vouloit-il apprendre aux jeunes gens combien
les piéges de l'amour sont dangereux, combien la passion la plus
noble & la mieux placée peut en-
traîner de malheurs ? Sa Julie
pouvoit en donner un exemple
frappant ; il ne falloit pour cela
que la sacrifier à la brutale vanité de son pere ; il n'avoit qu'à
rendre mortelle la chute que la
violence de ce pere inhumain oc-
casionne. Julie inébranlable jus-
ques dans ses derniers moments,
Julie expirante avec l'image de
son amant dans le cœur & son
nom sur les lévres, auroit formé le
tableau le plus touchant. Il étoit

une autre route à fuivre plus con-
forme aux principes que M. Rouffeau a annoncés dans tous fes
écrits , & plus utiles pour les
mœurs : il pouvoit accorder à la
fois les devoirs de fille & d'amante, apprendre à fes lecteurs qu'une
union fondée fur un goût , fur une
eftime mutuelle, & couronnée par
le plus faint des engagements , eft
un bien qui ne peut être trop ché-
rement acheté , qu'un attache-
ment véritable qui ne peut naître
que dans des ames vertueufes, doit
vaincre à la fin tous les obftacles
& fur tout un préjugé barbare.

Il fuffifoit pour cela d'oppofer
la douceur , la patience , la fou-
miffion de Julie, à l'aveugle obfti-
nation de M. d'Eftanges; il fal-

loit

loit que les vertus des deux amants
le défarmaffent à la fin , que preffé
par fa tendreffe par le remords de
faire le malheur d'une fille fi digne de lui être chere , & fur-tout
par l'afcendant que les ames éle-
vées ont toujours fur le vulgaire
qui les environne , il reconnût à
la fin fon injuftice , & couronnât
lui-même un amour éprouvé. &
que le tems lui auroit appris à
refpecter. Julie dans fa foibleffe ,
Julie dans fes traverfes, Julie dans
fon bonheur eût également inté-
reffé tout lecteur capable de fen-
tir. On auroit aimé à la voir jouir
d'une félicité fi bien méritée. La
joie pure dont fon ame auroit été
remplie , auroit jetté de l'intérêt
fur les détails de fa vie domefti-

B

que. Quel tableau en effet que celui de deux époux unis par l'amour le plus tendre & uniquement occupés à répandre sur tout ce qui les environne le bonheur dont ils sont pénétrés! Quel peintre plus, digne de le tracer que M. Rousseau! Pourquoi cet écrivain illustre, si capable de saisir & de rendre la belle nature, n'a-t-il pas mieux aimé faire grimacer des figures de fantaisie & a-t-il préféré le frivole mérite de l'extraordinaire au goût simple, à la vérité de sentiment que son début avoit annoncé?

Si mon dessein n'étoit pas d'attaquer uniquement le fond même de l'ouvrage de M. Rousseau, & le vice des acteurs qu'il intro-

duit sur la scene , j'aurois bien
des choses à dire sur sa secondePar-
tie , qui ne me paroît nullement
dans le ton de la nature ; les longues dissertations qui la compo-
sent roulent sur des objets qui ne
pouvoient être que très - indiffé-
rents pour des cœurs dans la situa-
tion où se trouvoient ceux de St.
Preux & de Julie. Séparés presque
dans l'instant où leur passion étoit
montée à son comble , incertains
du moment de leur réunion ,
joignant au tourment de l'absence, le tourment plus cruel encore
d'ignorer & quand & comment
elle devoit finir ; leurs regrets ,
leurs allarmes devoient les occu-
per uniquement ; l'amour devoit
embraser leur style , animer cha-

que ligne de leurs lettres, s'y re-
produire fous mille formes diffé-
rentes : un fentiment vif, ardent,
irrité par les obftacles, devoit faire le fond de leur correfpondance,
tout détail étranger n'en pouvoit
être tout au plus qu'un très-léger
acceffoire ; le ton differtateur
n'eft affurément pas le ton de l'a-
mour, & il devient plus choquant
encore dans de pareilles circonftances. Mais il eft des chofes trop
effentielles à critiquer dans la
Nouvelle Héloyfe pour m'arrêter
plus long-temps à un fimple dé-
faut de goût.

C'eft au commencement de la
troifieme partie que M. Rouffeau
défigure entiérement fon ouvrage, en faifant faire à Julie, par

une lâcheté si peu digne d'elle ;
la démarche la plus révoltante ;
je veux dire son mariage avec
Wolmar. Est-il possible de recon-
noître à un pareil trait la vraie,
la tendre, la courageuse Julie ?
Est-il naturel de voir une fille
dont l'ame noble & généreuse
sembloit appuyée sur des principes inébranlables, oublier à la
fois ce qu'elle doit à son amant,
& ce qu'elle se doit à elle-même ? Pouvoit-elle ignorer qu'une
jeune personne qui a assez aimé,
pour tout sacrifier à son penchant, est perdue pour tout autre que pour son amant ; que celui qui a porté les dernieres at-
teintes à son honneur, a seul le
droit de le réparer ; qu'il ne lui

refte plus que le choix d'être à lui ou de n'être jamais à perfonne ; que de paffer dans les bras d'un autre, c'eft confommer fon aviliffement, & trahir en même temps & l'amant que l'on abandonne, & l'époux que l'on déshonore.

Tout l'art de M. Rouffeau n'auroit pu fans doute la rendre excufable ; mais il auroit pu du moins diminuer l'horreur que fa conduite infpire par un concours de circonftances capables d'ébranler une ame intrépide. Si Madame d'Eftanges expirante avoit exigé ce barbare facrifice, s'il avoit fallu fauver des jours fi précieux & choifir entre fa mere & fon amant, Julie auroit du moins intéreſſé la pitié, & l'on auroit plaint ſon malheur en condamnant ſa foibleſſe ; mais elle ſe perd de gaieté de cœur, elle contracte volontairement un indigne mariage qu'elle avoit des moyens infaillibles d'éviter ; c'eſt à la vanité & aux préjugés d'un vieillard obſtiné qu'elle immole de ſang froid ſon devoir, ſon amour & ſon honneur.

Il eſt vrai que l'Auteur a cher-ché à pallier la lâcheté de Julie en faiſant tomber à ſes genoux un pere baigné de larmes. On convient que la ſituation eſt tou-chante, on ſent aſſez combien les larmes d'un pere ont de pou-voir ſur le cœur d'une fille bien née ; Malheureuſe l'ame inſenſi-

ble qui pourroit le méconnoître!
Mais ces larmes, toutes respectables qu'elles sont, peuvent-elles
jamais autoriser une démarche
déshonorante & criminelle?

Quelle vérité M. Rousseau a-t-
il donc voulu nous apprendre?
Est-ce le respect que l'on doit à
ses parents? Je me flate que personne n'a une idée ni plus juste
ni plus haute que moi des droits
sacrés que les peres ont sur leurs
enfants; mais je suis bien éloi-
gné de confondre cette autorité
fondée sur la nature, avec une
puissance tyrannique & arbitraire,
& de faire d'un pere un despote
orgueilleux qui exige une soumis-
sion aveugle à ses plus extrava-
gantes volontés. Les enfants se-

roient donc des automates purement passifs entre les mains de leurs parents? Non, tout empire a ses bornes, & dès que l'on entreprend de les passer, ce n'est plus un crime d'y opposer une respectueuse, mais invincible résistance.

Tel étoit le cas où se trouvoit Julie; j'avois admiré son courage lorsqu'elle rejettoit la tentation dangereuse de quitter la maison paternelle, pour aller vivre en Angleterre avec son amant; je l'aurois admirée de même, si, touchée des larmes de son pere, incapable de se souftraire à son autorité & de répandre une cruelle amertume sur sa vieillesse, elle eût pris la généreuse résolution

de ne jamais épouſer S. Preux
que de ſon conſentement , & de
tout attendre de ſa conſtance &
du temps; c'étoit tout ce qu'elle
devoit à l'amour paternel ; elle
ſe devoit à elle-même de ne jamais s'unir avec Wolmar , puiſ-
qu'elle ne pouvoit le faire ſans ſe
couvrir d'un opprobre éternel.

La choſe ne valoit ſans doute
pas la peine de tant d'examen ;
Julie prend ſon parti légerement,
ſon pere a diſpoſé de ſa foi , cela
ſuffit pour la déterminer ſur le
champ ; elle ne ſe donne pas même le tems de réflechir, que ſi l'é-
poux que l'on lui deſtine eſt un
honnête homme , elle le trompe
cruellement & le met dans le cas
de lui reprocher éternellement ſa

trahison ; que si au contraire instruit des circonstances, il est assez
lâche pour vouloir forcer une fille
déshonorée & brûlante encore de
la passion la plus violente, à lui
donner sa main malgré elle, c'est
un misérable digne du plus pro-
fond mépris, & qu'elle ne peut
épouser sans se rendre encore plus
méprisable elle - même. C'étoit
pourtant un point qui méritoit
d'être éclairci, & il n'étoit pas dif-
ficile de le faire. Une lettre sem-
blable à celle qu'elle avoit écrite
à Milord, dans des circonstances
moins pressantes, auroit forcé Wolmar à renoncer à elle, ou à dévoiler toute la bassesse de son caractere: quelle que fût sa réponse, Julie
étoit sauvée, mais elle ne vou-

loit pas l'être ; fans doute que par des réflexions dignes du vieux Baron , elle avoit reconnu qu'il valoit bien mieux être la femme de l'Etre le plus vil & qu'elle devoit abhorrer, que celle d'un homme eftimable & qu'elle adoroit, mais qui n'avoit pas le bonheur d'être Gentilhomme.

Ce qui m'a beaucoup frappé , Monfieur , dans cet endroit & dans plufieurs autres , c'eft le goût fingulier qu'a M. Rouffeau , non-feulement de faire faire à fes héros les démarches les plus indécentes , mais encore de les leur faire faire fans aucune efpece d'intérêt. M. Volmar ne le cede en rien à Julie fur cet article. Je fuis encore à chercher d'où peut

provenir

provenir son étrange acharnement pour une affaire dont tout devoit l'éloigner ; ce n'est point la fortune de Mademoiselle d'Estanges qui le tente, ce n'est point une passion aveugle qui l'entraîne dans le précipice ; c'est de sang froid, c'est avec réflexion, c'est par philosophie qu'il contracte le plus indigne mariage. Il nous apprend lui-même qu'il ne s'est déterminé à cette alliance, que parce que Julie est la seule femme qui lui ait parue digne de lui ; que c'est la connoissance qu'il avoit de son caractere, de sa façon de penser, de sa conduite, qui lui annonçoit avec elle un bonheur solide & constant. Remarquez, Monsieur,

C

que c'est dans ses lettres qu'il a puisé toutes ces belles connoissances. On ne doit pas disputer des goûts, mais on peut assurer cependant que l'exemple ne gagnera pas. Malgré le respect que l'on doit avoir pour les sentiments de M. Rousseau, il est peu probable que beaucoup de maris, pour s'assurer un avenir heureux, choisissent leurs femmes dans les circonstances où se trouvoit Julie.

A parler sérieusement, Monsieur, plus j'examine le caractere de Wolmar, plus je m'y perds, & moins je conçois pourquoi M. Rousseau l'a crayonné avec de si noires couleurs. S'il eût épousé une fille flétrie à la vérité par une foiblesse, mais par une foiblesse ancienne ; une fille guérie de son égarement par l'absence & par le temps, qui ne portât plus dans son cœur que le regret de sa faute, & nulle étincelle du malheureux amour dont elle eût été la victime, dans la façon de penser ordinaire , un tel mariage n'eût été que déshonorant ; c'est peut-être même la faute de nos mœurs, si on lui eût attaché cette idée. Il peut se trouver des personnes qui par une philosophie, à la vérité peu commune, se mettent au dessus de ce qu'elles regardent comme un préjugé vulgaire ; qui pensent que pour avoir cédé à une passion violente, une fille ne se couvre point d'une tache ineffaçable, & peut

former encore une femme vertueuſe & même reſpectable. Dans
une alliance de cette eſpece, le
mari riſque ſeul ; il a du moins
l'eſpérance & le deſir de faire le
bonheur de celle qu'il épouſe, &
plus il la croit eſtimable, plus
il doit ſe flater qu'elle payera par
ſa conduite l'effort qu'il fait en
ſa faveur. Quelle différence entre
un pareil mariage & celui de
Wolmar ! Ce dernier non-ſeule-
ment le déshonore, mais encore
découvre en lui une ame féroce
& inhumaine ! eſt-il une façon
de penſer, une philoſophie, qui
puiſſe autoriſer à épouſer une fille qui n'eſt plus maîtreſſe de ſon
cœur, & qui brûle d'un feu dont
on n'eſt point l'objet ? Quelle fé-

licité Wolmar pouvoit-il èspérer d'une femme qui ne devoit le regarder éternellement que comme fon plus cruel perfécuteur ? En fuppofant même, comme il le faifoit affez gratuitement, que Julie auroit affez de force pour fe facrifier toute entiere à fon devoir, pour étouffer lès cris de l'amour gémiffant, pour renfermer dans fon cœur toute l'horreur qu'un pareil époux devoit néceffairement lui infpirer ; n'en étoit-ce pas affez pour faire fon malheur à lui-même, que d'être perpétuellement témoin de celui dont il étoit la caufe volontaire, & de lire fans ceffe dans les yeux de Julie des regrets, une douleur, un défefpoir d'autant

C iij

plus touchants qu'elle auroit fait plus d'efforts pour les diffimuler. Quoi, Monfieur, c'eft à un homme de condition, c'eft à un militaire, c'eft à un philofophe que M. Rouffeau prête cette monftrueufe infenfibilité.

Je ne puis m'empêcher d'admirer ici fon talent, & combien d'une premiere abfurdité il en fait tirer d'autres. Du moment que Julie a pris l'héroïque réfolution de faire une énorme fotife, elle ne manque pas d'en faire part à fon cher St. Preux ; elle le croit trop raifonnable pour trouver mauvais qu'elle accorde cette bagatelle à la complaifance qu'elle doit à fon pere ; mais pour le confoler elle lui fait entendre affez clairement qu'il n'y perdra rien , & qu'elle partagera de bonne amitié fes faveurs entre M. de Wolmar & lui. Il eft vrai que cette modefte propofition amene enfuite un très-beau fermon fur l'adultere ; mais quelques belles maximes que Julie y débite, peuvent-elles effacer l'impreffion de cet arrangement révoltant ? Je ne parle pas ici de ce qu'il a de choquant pour les mœurs, de l'indécence dont il eft dans la bouche de la fcrupuleufe Julie ; mais quelle idée devoit-elle avoir de fon amant , lorfqu'elle fuppofoit qu'il feroit fort content de cet odieux partage ? Je ne fais fi M. Rouffeau a jamais aimé , ni où il a pu chercher les objets de ſa tendreſſe ; mais pour peu qu'il ait connu l'amour, ne fût-ce que par théorie, il devoit ſavoir qu'une pareille propoſition n'eſt qu'un nouvel outrage pour l'amant ſacrifié. Sans doute que Julie cherchoit de bonne foi à guérir St. Preux, & qu'elle ſavoit que le plus ſûr reméde de l'amour eſt le mépris ; ce dernier effectivement ne prend pas trop bien la choſe, il jette feu & flamme au commencement de ſa réponſe, il eſt choqué de ne ſe trouver qu'en ſecond auprès de ſa maîtreſſe, *Quoi* ! s'écrie-t-il, *Julie feroit perdue pour moi, je ne la poſſéderois plus, ou pour comble d'horreur je ne la poſſéderois pas ſeul :* Il fait éclater toute la fu-

reur de l'amour outragé , il ne
parle que de poignarder Julie , il
préfére mille fois le défefpoir de
la voir morte à celui de la voir
entre les bras d'un autre ; mais
ce grand bruit tombe bientôt ,
fon emportement s'appaife , le
court efpace d'une lettre fuffit
pour lui faire faire fes réflexions ;
il conclud fagement qu'il eft toujours prudent de ne pas tout perdre , qu'il vaut mieux partager
les faveurs d'une maîtreffe , que
d'y renoncer entiérement ; il ci-
te à Julie l'exemple de beaucoup
d'honnêtes gens qui fuivent cette
méthode & s'en trouvent bien ,
& l'exhorte cordialement à en
faire de même. Un petit ménage
à trois lui paroît la plus jolie cho-

se du monde , & il se flattoit d'en essayer bientôt. Malheureusement Julie peu constante dans ses principes , en avoit changé avant de recevoir cette lettre ; S. Preux en est bientôt instruit , mais il est bon homme, il prend tout avec une édifiante résignation , c'est un vrai modele de modestie & de patience ; Julie ne lui épargne pas les occasions de l'exercer : après les décentes propositions dont je viens de parler , la scène change, la dignité s'en mêle , elle lui dit poliment les choses les plus désobligeantes, elle lui fait une peinture flateuse de la paix , de la joie que son ame a éprouvée , dans l'instant qu'elle s'est unie pour jamais avec

Wolmar , elle l'aſſure honnête-
ment qu'elle eſt très-contente de
ſon ſort , que ſi ſa'main eût dé-
pendue de ſon choix , elle en
auroit agi de même ; elle eſt
conſolée de la mort de ſa mere ,
par l'idée que ſi elle eût vécu ,
ſon appui l'eût peut-être entraî-
née à faire la ſotiſe de l'épouſer
lui-même ; elle s'applaudit avec
confiance de ſa conduite : je m'at-
tendois qu'elle le regaleroit enſuite d'un petit détail bien cir-
conſtancié de la nuit de ſes noces ,
il ne manquoit que ce trait au
tableau ; mais Wolmar étoit ſur-
anné & peu galant , & c'eſt peut-
être moins à la modeſtie qu'à
la vanité de Julie , que nous de-
vons imputer la ſuppreſſion d'un

morceau auſſi-bien placé & auſſi intéreſſant.

Quel imbécille, Monſieur, que ce S. Preux, & que ſon caractere ainſi que celui de Julie eſt peu dans la nature. Quoi ! un jeune homme bouillant & amoureux, un jeune homme capable de faire deux cents lieues pour voir ſa maîtreſſe dans le délire, pour la ſeule ſatisfaction de baiſer une main couverte de petite vérole, ſans lui dire un ſeul mot, reçoit avec tranquillité le plus ſanglant outrage, lui rend ſans héſiter, & à la premiere demande, une promeſſe qu'on ne devoit lui arracher qu'avec la vie, la voit de ſang froid paſſer dans les bras d'un indigne rival !

Il fait plus, il eſt le premier à trouver qu'elle a très-bien fait, il eſt toujours prêt à crier miracle à toutes ſes ſotiſes; en vérité la conduite de ce flegmatique ſoupirant, ſeroit bien capable de faire excuſer celle de Julie, s'il étoit excuſable de ſe manquer à ſoi-même & d'épouſer un Wolmar.

Qu'eſt-ce en effet que ce Wolmar? Un aſſemblage monſtrueux de cruauté, de baſſeſſe & de philoſophie; un homme vicieux par principes, & par conſéquent le plus oppoſé à Julie, qui juſqu'à ſon mariage avoit paru remplie de délicateſſe, de vertus & de ſentiments; un lâche capable de chercher un criminel bonheur dans le malheur de deux inno-

D

centes victimes, de forcer une fille infortunée de lui donner la main, dans le temps qu'il est parfaitement instruit de son intrigue actuelle, & qu'il a lu jusqu'à la lettre par laquelle elle promet à son amant que le changement de son état ne lui fera rien perdre de ses droits. Voilà cependant le digne époux que M. Rousseau choisit pour unir à Julie, & former avec elle le tableau parfait de la vie conjugale.

J'ai cherché en vain le but qu'il pouvoit s'être proposé; car on ne soupçonnera jamais un Auteur si estimable de n'en avoir eu aucun : peut-être est-ce une leçon de morale chrétienne qu'il a voulu donner indirectement, en prouvant par l'exemple de Wolmar qu'un homme affez malheureux pour méconnoître un Etre fupérieur, tombe néceffairement d'abyfme en abyfme, perd le fentiment des vertus, même purement humaines, & devient capable des actions les plus monftrueufes.

Tout le refte de l'ouvrage eft monté fur le même ton ; le doux, le modefte, le pacifique S. Preux a pourtant une velléité de fe brûler la cervelle à l'intention d'une maîtreffe qui n'en valoit pas la peine ; il eût été plus naturel & plus fage de lui donner quelques foufflets & une volée de coups de bâton à Wolmar ; c'eft ce qu'ils méritoient l'un & l'autre ; mais

M. Rousseau avoit dans son porte-feuille une dissertation sur le suicide, & il falloit bien lui trouver place. On prouve comme de raison à S. Preux que c'est fort mal fait de se tuer, & comme les grandes passions ne tiennent pas contre des sillogismes concluants, & que dans le fond il n'avoit pas grande envie de mourir, il prend son parti de vivre, & pour dissiper son chagrin de faire une petite promenade autour du monde ; il fuit une image trop chérie, il espere que le temps & l'éloignement l'arracheront de son cœur ; trois ans d'absence sont en effet un assez bon spécifique contre un amour malheureux : il revient enfin ou guéri ou devant l'être ; mais son premier soin en débarquant est de faire tout ce qu'il falloit pour rouvrir ses anciennes blessures ; il revole auprès de Julie, il revient dans des lieux où tout lui retrace un bonheur qui n'est plus. Tout lui plait, tout l'enchante dans ce séjour si funeste pour lui ; il admire & respecte cordialement la perfide qui l'a joué ; il conçoit la vénération la plus imbécille pour l'indigne Wolmar ; il prend des entrailles de pere pour des enfants dont l'odieuse existence lui retrace sans cesse, & le crime de leur mere, & son propre malheur ; il conçoit le noble projet de devenir leur précepteur & de passer délicieusement sa vie entre la maîtreſſe qui l'a trahi & le rival qui a uſurpé ſes droits.

Celui - ci de ſon côté paroît comblé de poſſéder, de retenir chez lui l'ancien ami de ſa femme : cette compagnie auroit été déſagréable & même embarraſſante pour tout autre ; mais un grand philoſophe n'y regarde pas de ſi près ; ce qui m'étonne le plus, c'eſt qu'il ignorât que la vertu la plus affermie (& celle de Julie n'étoit aſſurément pas de cet ordre) n'eſt jamais plus aſſurée que par la fuite du danger. Il étoit trop éclairé ſans doute pour ne pas ſentir à quelle tentation il la laiſſoit expoſée ; l'humanité ſeule, indépendamment de tout intérêt, exigeoit

qu'il lui épargnât de si rudes combats. J'avoue encore, Monsieur,
que les principes d'une pareille
conduite sont absolument impé-
nétrables à mes foibles lumieres.
J'aurois regret de penser que M.
Rousseau eût fait d'un héros, pour
lequel il témoigne tant de bien-
veillance, un scélérat dont la
cruauté raffinée se fit un plaisir de
réunir deux amants malheureux,
pour les rendre plus malheureux
encore, pour rallumer leur flamme mal éteinte, & jouir de l'affreux spectacle des regrets, des
douleurs, des déchirements que
leurs cœurs devoient réciproque-
ment éprouver en se trouvant sans
cesse l'un vis-à-vis de l'autre. Il est
vrai que la scène est égayée de

temps en temps par quelques baisers sans conséquence que Julie donne à son amant , & par les plaisanteries du mari sur les solides bontés qu'elle a eues autrefois pour S. Preux. Depuis l'indécent mariage de Wolmar, le seul trait qui soit dans l'humanité , est celui de la barque : je reconnois l'empreinte des grandes passions aux mouvements terribles qui agitent l'ame de S. Preux, lorsqu'il est prêt de précipiter son amante dans les flots & d'y périr avec elle ; mais ils sont déplacés dans le cœur d'un homme aussi paisible, & ce désespoir tardif devient plus ridicule que touchant; tout le reste est d'un froid, d'un petit, d'une absurdité pitoyable.

Suivons maintenant Julie depuis qu'elle est élevée à la dignité de femme. Nous avons déjà
remarqué que dans les circonstances où elle se trouvoit, il étoit
assez naturel qu'elle prévînt Wolmar sur ses liaisons avec S. Preux ;
mais M. Rousseau n'a garde de lui
faire faire une démarche aussi sen-
sée. Elle trompe l'homme auquel
elle doit s'unir pour jamais avec
une fausseté impardonnable ; mais
elle n'est pas plutôt mariée que le
scrupule la prend , elle se croit
obligée en conscience de dévoiler
à son mari un odieux mystere,
dont la connoissance devoit faire leur malheur réciproque , &
qu'elle auroit dû couvrir alors
des plus épaisses ténébres. C'est

ici un renverſement d'idées ſans exemple. Où M. Rouſſeau a-t-il pris que ce fût un devoir pour une femme, d'inſtruire ſon mari de toutes les ſotiſes qu'elle a pu faire avant de l'avoir épouſé ? Cette étrange queſtion fait cependant la matiere de pluſieurs lettres, & Julie n'auroit pu tenir à la démangeaiſon de faire cette ſinguliere confidence, ſi elle n'avoit découvert heureuſement que ſon mari étoit parfaitement inſtruit ſur cet article.

Le reſte de ſa vie eſt un tiſſu de détails domeſtiques qui ont paru petits & même quelquefois bas à bien des Lecteurs ; ils ont même cru y remarquer un petit vernis de pédanterie qui leur a déplu.

Pour moi je rends plus de juf-
tice à cette partie de l'ouvrage
de M. Rouffeau ; avec quelques
changements que la sûreté de
fon goût lui auroit fans doute in-
diqués , en ferrant de trop pro-
lixes defcriptions, en appliquant
la bienfaifance de fon héroïne à
des objets moins minutieux ; il
auroit pu la rendre également
agréable & utile. Des mœurs d'u-
ne fimplicité prefque paftorale ,
une femme toute occupée de fes
devoirs , partageant fon temps ,
fes foins , & fon ame , pour ain-
fi dire , entre fon mari , fes enfants & tous ceux que la Pro-
vidence a confiés à fes foins ,
doit former un tableau infini-
ment touchant ; mais ce n'étoit

point d'après Madame de Wolmar qu'il devoit être tracé, ce
nom odieux éteint tout intérêt.
Avilie par sa lâcheté & par le
mariage qui en a été la suite,
ce vice radical influe sur tout le
reste de sa vie ; sa mort même
que l'Auteur s'est efforcé de rendre si intéréssante, perd son prix
par la même raison. Je n'y vois
que la juste punition de sa trahison, & je ne puis regretter
une femme qui m'a appris à la
mépriser.

Quel intérêt, je le répéte,
M. Rousseau n'eût-il pas jetté
sur cette partie, s'il eût soutenu
jusqu'au bout le caractere qu'il
avoit d'abord donné à sa Julie ;
si après de longues traverses, il

l'eût

l'eût enfin unie à son amant.
Quelles leçons n'eût pas donné
une constance noble & inébranlable, heureuse & récompensée.
Dans ce siécle affreux où le mariage n'est plus qu'un vil contrat,
où le mérite personnel n'est comp-
té pour rien, où la vanité &
l'intérêt décident de toutes les
alliances, il étoit digne de M.
Rousseau de s'opposer au torrent,
de soutenir les droits de la nature & de l'amour, & c'est lui-même qui nous enseigne à les fouler
aux pieds : c'est le libre & très-
libre M. Rousseau qui devient
l'Apôtre du préjugé & de la ty-
rannie ; c'est lui qui nous donne,
pour le chef d'œuvre de la vertu,
une fille assez lâche pour sacri-

fier un amant estimable , & elle-même, à la stupide vanité de son pere ; c'est lui qui nous apprend que l'amour , ce précieux senti-ment , ce bien accordé à l'hu-manité pour la consoler du mal-heur d'être , n'est apparemment qu'une chimere inutile dans le mariage , & que le plus petit in-térêt doit étouffer. O nature , nature ! Faut - il que tes plus chers favoris s'efforcent d'effacer ces caracteres respectables que tu as si sagement & si profondé-ment gravé dans nos cœurs !

M. Rousseau pouvoit encore tirer un autre parti de son sujet , & nous offrir une femme assez vertueuse pour sacrifier à ses de-voirs la plus violente passion ;

mais il falloit rendre cet effort nécessaire, & il étoit aisé d'y parvenir en transposant l'ordre des événements.

Que Julie n'eût connu St. Preux qu'après son mariage ; qu'un malheureux penchant & la trahison de son cœur lui eût arraché un moment de foiblesse ; que, rendue ensuite à elle-même, elle eût senti toute l'énormité de sa faute ; que des circonstances faciles à imaginer lui eussent ôté tout moyen d'éloigner son amant ; que sans cesse combattue entre sa passion irritée par la présence de l'objet, & son devoir, la vertu eût été toujours la plus forte ; qu'elle eût cherché à réparer son malheur par l'exercice de toutes les vertus , alors tout devenoit intéreffant en elle ; fes remords , fes combats auroient été autant d'utiles leçons ; fa mort , fuite de la violence qu'elle fe feroit faite , auroit fait couler des lar-mes finceres :　mais telle que M. Rouffeau nous la repréfente , elle ne peut toucher perfonne , parce que dans fes plus pénibles efforts , on peut toujours lui di-re ; fi vous êtes malheureufe , c'eft vous qui avez voulu l'être ; c'eft en un mot le Génie Cucufa des bijoux indifcrets , qui s'étoit retiré dans le vuide pour s'y pin-cer , tourmenter , égratigner tout à fon aife , & de préten-dues vertus fans objet , n'ont

aucun droit sur notre admira-
tion.

Je ne dis rien de la bonne
amie ; c'est un personnage très-
foiblement deſſiné d'après la Miſs
Hovve de Clariſſe. M. Rouſſeau
n'a pas manqué de lui donner,
comme à ſes autres Acteurs, une
forte doſe d'inconſéquence. Elle
débute àuprès de ſa Couſine
par un rolle aſſez Gaillard pour
une fille de ſon âge; elle l'abandonne enſuite dans le moment
où elle a le plus beſoin du ſe-
cours de l'amitié, & cela ſous
prétexte qu'il eſt certains ſervi-
ces qui peuvent convenir à une
fille, & qui ne vont pas à l'état
de femme. J'avois cru juſqu'ici
tout bonnement le contraire, que

ce qui étoit véritablement criminel ne convenoit ni à l'une
ni à l'autre, mais que des démarches, simplement un peu har-
dies, étoient moins indécentes
dans une femme que dans une
fille, dont la timide innocence
doit s'effaroucher plus facilement.
Il étoit réservé à M. Rousseau de
créer un ordre d'idées tout nou-
veau, & de nous apprendre que
jusqu'à présent nous n'avions pas
le sens commun.

Je ne m'arrêterai pas non plus
au singulier projet de marier cette Cousine à St. Preux; il faut
convenir cependant que Julie
traitoit bien légérement son
amie, lorsqu'elle vouloit lui faire épouser un homme dont l'al-

·liance , suivant ses propres principes , l'auroit dégradée elle-mê-
.me.

Il seroit facile aussi de faire
sentir l'absurdité des raisons que
St. Preux oppose à ce mariage ,
& de la plus que romanesque
constance dont il se pique, pour
une femme , dont la conduite à
son égard l'en avoit si bien dis-
pensé. La constance est une vertu sans doute, & une vertu d'autant plus estimable , qu'elle dé-
note une ame forte & décidée ;
elle ne devoit par conséquent pas
être celle de St. Preux , & il faut
convenir du moins qu'il s'avise
d'en faire parade bien mal-à-pro-
pos.

Mais je passe bien volontiers à

M. Rousseau, ce qui n'est que ridicule : ce que je ne puis lui pardonner, c'est son acharne-/ment à nous enlever nos erreurs les plus cheres.

Vous n'ignorez pas, Monsieur, que je suis plus en droit de m'en plaindre que personne, vous pour qui mon cœur n'a jamais eu rien de caché, & qui savez tout ce que je dois à l'amour. Vous avez été témoin de la naissance & des progrès d'une passion, qu'a-près de longues traverses, le ma-riage le plus heureux a enfin cou-ronnée. Vous avez cent fois ap-plaudi à ma félicité ; votre ami-tié en a partagé & augmenté le sentiment. Vous admirez tous les jours avec moi une femme

charmante, plus eſtimable encore par les qualités de ſon cœur,
qu'aimable par les graces de ſon
eſprit & de ſa figure. Vous ſa-
vez que les cruels revers que j'ai
éprouvés, n'ont jamais ébranlé ſa
conſtance ; qu'elle a moins encore été touchée de mes malheurs que du noble plaiſir de me
tenir lieu de tous les biens que
j'avois perdus ; qu'elle a préféré
de me faire un bonheur, dont ſon
choix prouvoit que j'étois digne,
aux avantages des alliances plus
brillantes que ſa naiſſance & ſa
fortune ſembloient lui offrir. J'a-
vois cru juſqu'ici cette façon de
penſer noble & ſublime, & très-
propre à lui concilier l'eſtime & le
reſpect de tous ceux qui la con-

noiſſent comme vous , autant que ma propre tendreſſe.

Que je ſais mauvais gré à M. Rouſſeau de me déſabuſer ! Il m'eſt bien dur d'apprendre que cette même femme, dont la conduite me paroiſſoit au - deſſus de tout éloge , n'a peut-être fait qu'une très - grande ſotiſe , puiſque d'après ſes principes , c'eût été une action héroïque de me donner mon congé un beau matin , à l'exemple de l'incomparable Julie, pour épouſer le premier venu , qui l'auroit emporté ſur moi par la naiſſance , puiſque ſur tout , quelques droits que j'euſſe ſur ſon cœur , c'eût été une faute impardonnable de me donner ſa main , pour peu qu'elle eût éprouvé de contradictions de la part de ſes parents , & que j'euſ-ſe eu le malheur de n'être pas né Gentilhomme. En vérité j'au-rois été très-fâché de lui voir la nouvelle Héloyſe entre les mains ; ſi la juſteſſe de ſon eſprit , & la droiture de ſon cœur , ne la met-toient fort au-deſſus des impreſ-ſions que les principes faux & dangereux de cet ouvrage peu-vent faire naître.

Raſſemblez , Monſieur , les conſéquences qui naiſſent tout naturellement de ces principes , & vous ſerez fort étonné d'ap-prendre :

Qu'une fille de condition peut à la vérité honorer un Bourgeois de ſes plus intimes bontés ; mais qu'elle doit être toujours prête à sacrifier cet amusement passager, dès qu'un homme de son état, & présenté par son pere, lui offrira sa main.

Que les qualités personnelles sont si peu de chose dans le mariage ; que ce n'est pas la peine de s'assurer de la façon de penser de l'Epoux proposé, lors même que l'on a entre les mains un moyen sûr & infaillible de le faire : la qualité de noble & l'aveu d'un pere bouffi d'orgueil devant couvrir tous les vices du cœur, & rendre estimable l'Etre le plus méprisable & le plus vil.

Qu'il est très-honnête de tromper indignement un galant homme, en lui donnant la main, le

cœur

cœur tout brûlant encore d'une passion poussée jusqu'au dernier période, & cela avec le projet formé d'entretenir ce commerce décent, même après le mariage accompli, pourvu que l'on soit dans l'intention de faire par la suite au mari cette gracieuse confidence.

Qu'il est non-seulement d'un homme de bien, mais encore d'un Philosophe sublime d'épouser une fille malgré elle; de l'arracher à un amant aimé & heureux, avec la certitude de faire à jamais le malheur de l'un & de l'autre, & la connoiſſance la plus complette des circonſtances les plus capables de révolter l'ame la moins délicate.

Je ne finirois point, Monfieur, fi je voulois réunir ici tous les corollaires de cette efpece, que l'on peut tirer de l'ouvrage de M. Rouffeau ; & je dois me contenter de vous en indiquer ici les principaux : il eft vrai que ce monftrueux cannevas eft chargé de temps en temps de morceaux dignes de lui, & par conféquent de la plus grande beauté ; mais c'eft ce qui rend fon étrange morale encore plus dangereufe. J'ai vu de beaux yeux s'attendrir fur le fort de Julie. J'ai vu admirer de bonne foi ce grand nom de vertu répété dans toutes les pages, & croire très-férieufement cette Julie eftimable fur la parole de l'Auteur.

En général le plus grand nombre de Lecteurs, & sur tout les femmes réflechissent peu, l'enchantement du style les entraîne, & c'est ce qui devroit fortement engager tout Écrivain à ne couvrir du voile d'une ingénieuse fiction qu'une morale saine & pure. En agir autrement, c'est empoisonner les ames foibles, c'est renverser les principes les plus sacrés, c'est pervertir insensiblement les mœurs d'une nation, c'est étouffer ce sentiment d'honneur, cette précieuse délicatesse, si utile pour notre conduite, comme pour nos plaisirs, qui pare le beau sexe plus encore que la beauté même, qui distingue la plus noble, la plus dou-

ce, la plus vertueuſe des paſ-
ſions d'une crapuleuſe débauche.
Que plutôt M. Rouſſeau ne nous
rênvoie-t-il encore dans les bois?
On ſeroit trop heureux d'y trouver un aſyle, ſi l'on ne rencon-
troit dans la ſociété que des vertus ſemblables à celles dont il
vient de nous tracer le modele.
Je ſuis &c.

FIN.

www.ingramcontent.com/pod-product-compliance
Lightning Source LLC
LaVergne TN
LVHW021042050726
842519LV00003B/966